비탈
노을에 서서

산비탈 노을에 서서
이필준 시집

초판 인쇄 2024년 09월 05일
초판 발행 2024년 09월 10일

지은이 이필준
펴낸이 신현운
펴낸곳 연인M&B
기 획 여인화
디자인 이희정
마케팅 박한동
홍 보 정연순
등 록 2000년 3월 7일 제2-3037호
주 소 05056 서울특별시 광진구 자양로 73(자양동 628-25) 동원빌딩 5층 601호
전 화 (02)455-3987 팩스 (02)3437-5975
홈주소 www.yeoninmb.co.kr
이메일 yeonin7@hanmail.net

값 12,000원

ⓒ 이필준 2024 Printed in Korea

ISBN 978-89-6253-577-8 03810

이필준 시집

비탈 노을에 서서

연인M&B

　시인은 언어의 마술사다. 철없이 읽고, 필사해 본 시들 '구름에 달 가듯이', '머언 곳에 여인이 ~ 벗는 소리' 그때는 몰랐다. 시인들의 고뇌는 알 길이 없었다. 마술사의 손끝에서 주먹 한 번 펴면 꽃가루가 저절로 떨어지는 줄만 알았다. 한 줄 가슴 찡하게 울릴 수 있는 글은 언제나 써질까? 가 보지 못한 몽골의 초원 저 끝처럼 요원遙遠하다.

　행복한 삶은 어려운 수수께끼 문제를 맞혔을 때 오는 희열 같은 삶이 아닐 것이다. 하루 한 편 아름다운 글을 읽고 베토벤Beethoven의 음악을 듣고 미풍이 불어오는 언덕에서 지는 노을을 느긋이 볼 수 있는 삶이라면 행복한 삶일 것이다. 배부른 소리하고 있네. 그렇다, 배가 부르면 된다. 잠 오면 잠자고 쉬고 싶을 때 쉴 수 있다면 행복하리라. 진정한 행복은 내 삶이 유한有限한 것임을 알고 쉽게 알 수 없는 돈money에서 벗어난 삶일 것이다.

　내가 살아가고 있는 내 땅 남원南原. 그 흙을 밟으며, 물 맑은 공기를 마시며, 내가 사랑하고 나를 사랑하는 사람들과 어울려 살아가는 곳, 이곳을 나는 남쪽의 으뜸 도시라고 주장하며 산다. 내가 만나는 풀꽃, 송사리 떼, 노래하며 흐르는 요천

蓼川의 물소리, 밤이면 별들의 속삭임, 그들만의 언어가 무엇일까 엿들어 보고 싶은 이 지상地上의 낙원 남원南原으로 더 예쁜 발걸음들이 모였으면 좋겠다. 아름다운 눈은 아름다움을 볼 수 있는 눈이다.

내가 오늘의 내 모습으로 설 수 있기까지 낳고 길러 주신 생육지은生育之恩의 아버지 이상찬李相贊, 어머니 박순임朴順任 그리고 사람다운 사람의 길을 말없이 일러 주신 큰 스승 소남素南 이규진李圭鎭 선생님 고맙습니다. 남원을 빛내 주신 선현先賢 선배님들, 무엇보다 목숨 바쳐 이 땅을 굳건히 지킨 선열先烈들의 넋에 고개 숙여 봅니다.

끝으로 이 책에 빛을 주신 신현운 연인M&B 대표님, 박종철 고문님, 시를 읽고 글감 없는 글을 쓴 소설가 최정주 작가님, 표지화를 기꺼이 내준 최승후 화백님, 바쁜 가운데 원고를 정리해 준 안경엽 동학회장님 감사합니다.

2024년 여름날 요천가蓼川家에서
이필준

시인의 말 4

제1부 **겨울** – 언 땅 녹이기

새벽 네 시 12

남원성南原城의 낙조落照 13

도회都會의 오후午後 16

오늘도 걸어 봐야지 18

말을 타야지 19

봄날에 21

지리산에서 22

정월 어느 날 23

내 탓 25

풍란꽃 26

여뀌내 아침 27

우전차雨前茶 28

귀천歸天 29

유쾌한 하루의 시작 30

틈새에 핀 꽃 31

남원南原에서 화개花開로 가는 길 32

새해 아침 33

탄생 – 인연 34

벚꽃 아래서 35

묘지墓地에서 37

제2부 봄 – 싹을 틔우며

수용소에서 40

산에서 맞는 아침 41

난蘭 꽃이 피다 42

비 오는 밤 44

술은 쉬는 날 45

오미크론Omicron 46

우전雨前 앞에서 48

게발선인장 49

알 수 없는 별 50

도둑비 51

오월의 산길 52

유월六月의 산하山河 54

태풍 오는 날 56

이월과 삼월 사이 57

내가 네게 속삭이는 말 58

봄비 오는 날 60

창 너머 대추나무 61

네게 62

민들레 64

내 사랑은 65

오월五月에 66

제3부 **여름** – 성장기

산길에서 만난 바람 68

구름과 산과 사랑 69

돌아가는 길 70

이층에서 본 거리 71

달밤 72

가을 이야기 73

내 각시 74

연잎에 물방울을 보라 75

대추나무 76

요천蓼川에 흐르는 물 77

술에 곡哭하다 78

빈집에 내린 가을 79

검은 물잠자리 80

호접란 82

빈 잔 83

코스모스cosmos 84

동그란 거울 85

월드컵 축구 86

산골에서 87

소울림의 녹차 88

망각의 샘 89

내 마음도 몰라 90

제4부 **가을** – 성숙의 길

옛날이야기 92

미리 쓰는 일기 93

미완성 94

매실주를 담그며 95

감말랭이 96

인연을 끊을 때 97

아픈 손가락 98

힘들고 지칠 때 99

내려놓기 100

네가 최고다 101

창문을 여십시오 102

오늘과 내일의 경계선에서 103

무엇이 답일까 104

환생 105

초가집 앞마당 106

어제 마신 술 108

그리움 109

산비탈 노을에 서서 110

멋진 이별 112

해설
다향茶香과 묵향墨香 사이/최정주 113

제1부

겨울

– 언 땅 녹이기

새벽 네 시

정적靜寂이 깨어지는 소리
아! 졸던 전등불이었나?

영웅英雄은 꽃과 함께
깨어났더이다

달 머금은 이슬은 하루가
축복祝福에 쌓이길 빈다

천명天明은 대지大地 위에
감췄던 인족人族의 보물을
수없이 장식하고 싶었을까?

새벽 네 시는
부서지는 행복幸福의 거리

울려 퍼지는 축복祝福의 종소리여
멀리로 떠나갈 나의 넋이여!

* 1975년 7월 5일 처녀작.

남원성南原城의 낙조落照

I.
　먹구름 몰려와
　비 내리고
　눈물
　바다로 밀려간
　선열先烈의 넋에
　고개 숙이자

　님
　붉은 가슴
　자취 없고

　빈 성城
　주춧돌
　명命 없어

　장님 같은
　그리움
　그리움

19살
거부하는 몸짓으로
뒤틀리는 삶

저녁에 맺는 이슬
아침에 지는
초로草露인 것

어둠이 내려
일몰日沒의 남은 빛이
가쁜 숨 몰아
토해 내는 햇살에
울음 우는 성城에
울음 우는 성城에
노을이 진다.

II.

그날의 여명黎明도
오늘 이 빛과 같았으리
외길 걸으며
활활 태우시던
님들이시여
그 소망所望들 어디에
꽃피우셨나요?

저녁새
제품에 들고
일몰日沒의 남은 빛
어제 같건만
님의 자취
간 곳 없고
성城 위엔
기와 한 조각.

도회都會의 오후午後

I. 질서 106 107 108
　대형 Gas

　1m 70㎝의
　윗몸이 무거운 나의 육신肉身은
　무엇을 먹으며 살아갈까

　다가오는 김 선생 갑분네
　비렁뱅이도 걸음은 당당한데
　신호등 없는 골목만 돌아가는
　빈 표정表情들

　도회都會의 오후午後는
　아름다운 전시장展示場
　꽃들이 만발한 이곳은
　천국天國의 미덕美德이 충만한가.

Ⅱ.

　　장승백이 초포 봉동 오래다리
　　여자女子 운전사

　　발밑을 파고드는
　　돈 돈 돈의 행렬

　　지상地上의 아름다운 꽃들이 피는
　　도회都會의 오후午後.

오늘도 걸어 봐야지

어느 순간 꺾여
꼬여 버린 길

시계 바늘은
원 그리며 잘도 돈다

내 닫힌 금 안에서
핏줄 따라 도는 적혈구

저 발끝에서 머리까지
아픔만 주는가

티 없던 시절로 돌아가자
안으로 굽어 버린 발가락

아프지 않은
흔들리지 않은 걸음걸이 있을까

땅을 향하든 하늘이든
취한 몸이래도
앞으로 걸어가겠다.

* 2020. 06. 17.

말을 타야지

말을 타야지
자전거 못 타겠네

친구가 술이었나
술이 친구였나

남쪽으로 가야 하는 길
술 취한 길 따라
북으로 갔던가
오르막길 숨이 차다

잘못 간 말이라면
칼로 목이라도 칠 텐데

말 못하는 자전거
너 목을 내놓아라
섣달 그믐 밤
눈 덮인 산이라면
목숨줄 내주었을걸

어찌 어찌하여
별빛 품고 흐르는
요천을 만나
물길 따라 간 길 남쪽 길

그래도 만났다
따뜻한 물 한잔

애마야 애란아
고맙다 이 밤이 고맙다.

봄날에

구름이 일어
그리움이 일어
사랑이 일어
두둥실 떠가다
산모롱이 돌아
이름 없는 넋을 만나고
복사꽃 진달래
늘어진 수양버들
허리도 훔치며
산골짝 휘돌아보나
산은 이미 밤이 되어
침묵 속에 빠져들고
바스락거리는 소리에
소스라친다.

지리산에서

어머니 어머니 때부터 그렇게
말없이 누워 있는 산山
흰 구름이 사랑했고,
보름달 밝은 빛이 사랑했던 산山
삽질 하나 하나의 상채기에도
꿈쩍도 않았다
짓밟히고 짓눌려도 오히려
의연한 자태 변함없고
모든 것 품에 안고
다 길러 온 산山
산山은 말이 없으면서도
다 알고 있다
선각의 높은 횃불 밝히고
끝없이 정진精進하는 이여!
이 산정山頂에서 우리
환한 내일을 꿈꾸어 보자.

정월 어느 날

엄마 품에 안겨
산등성이 벗하면
노을
붉게 타고난 잿더미에서
별 하나 태어난다

아궁이에서 피어난
짚풀 연기는
재가 되어
콩나물 길러 내는
그 마술이
오늘 그립다

산새들 노래하는
산 모롱이 돌아
집에 가는 길
시냇물도 촐랑이며
노래하고 흐른다

하루 저무는
정월 대보름
달빛만큼
복을 담아내야지
다짐하는 발걸음
흥겹다

오늘이 가고
내일이 또
우리 곁에 있기에
이 밤
홀로 걷는 걸음도
마냥 두렵지만 않다

샛별 따라
동트는 새벽
바람은
매화 향기 머금고 오리다.

* 2017. 02. 19.

24

내 탓

무릎이 아픈 건
오롯이 내 탓이다
그리 뛰놀고
유난히도 꿈틀댔다
발목이 아파도
피가 나도 써먹었으니
아프지 않으면 이상하다
내리막 계단에서도
아이고 힘들어
그러다 미안하다 다리야
플라타너스
하얀 살결 쓰다듬다
혹을 만난다
가지 하나 잘려 나갈 때
주름살 늘어 가는 그는
말없이 견디며 산다
불편하면 어때
두 발로 걸으면서
서산 넘는 붉은 해와
조금만 더 걸어야겠다.

* 2018. 12. 09.

풍란꽃

내 곁에 누운
풍란 향기
스물스물 스러져 간
촛불처럼
태우고 태워
지켜 내다가
끝 언저리
이제 겹다
짐 내려놓고 돌아누운
오늘 아침
슬프다.

* 2020. 06. 10.

여뀌내 아침

여뀌내 아침은
갓 피어난 장미다
밤새워 가꾸고
붉은 마음으로 흐른다
물안개 핀 돌섬은
원앙의 놀이터 되고
수줍은 달맞이꽃
아직 잠들지 않았다
실잠자리 한 쌍
옛터에 놀고
물 찬 제비
힘차게 날아오르고
여뀌내 물은
바람과 노래하며 흐른다.

* 2019. 09. 20.

우전차 雨前茶

우전雨前을 대하면
숙연해진다
유한有限의 삶을
앞에다 놓고
저울질하다 보면
얼마나 행복한가
인고忍苦의 시간을 지나
봄꽃이 된다
최상의 차茶는
무향無香 무색無色 무취無臭라
설풋 익지 않은
그 순수純粹
반환점을 돌아
흔적을 녹여 지우며
우전雨前과 나눈다.

* 이천십삼년 우전을 다루며 유산.

귀천歸天

Seoul에 가시거든
인사동에서 만나
겸허히 인사를 나누고
귀천歸天에 들러 보십시오
아름다운 소풍 끝내고
하늘에 계실 듯한
천상병 시인이
그곳에 계십니다
마음 따뜻한 사람들이
함께하는 곳이라면
어디든
아름다운 자리가 됩니다.

* 2024. 01. 07. 정리.

29

유쾌한 하루의 시작

지난밤 꿈을 삼켜
배부른 햇살이 창을 열면

인력시장으로 향하는
나이 든 이의 노둔한 발걸음

마스크가 턱스크를 낳아
그 위에 담배 한 모금
기막힌 순간에 연기 한 줄기
그 가게 아저씨 지나가고

할 일 없기는 나와 매한가지인
이웃집 백수도
침 튀는 방향으로 걸어가고

이 절묘한 시간에 세 방향에서
엇갈린 곳으로 스쳐 가는 사람들
나는 무엇을 걸고
어느 방향으로 나가야 할까?

그래도 오늘 하루
아침 햇살이 퍼진다.

틈새에 핀 꽃

야아 나는 보았다
모르고 지나간 첫사랑
다시 가슴에 핀 꽃

빨간 장미
하얀 백합
향기 먼저 올라온 라일락
곱지 않은 여인은 없다

천년 소나무 느티나무
우뚝 선 돌 흐르는 요천수
무게를 견뎌 온 세월
올려다보면 놀랍다

경계선 틈새로
떨어진 꽃씨 하나
아름다움 품고 사는
너는 그 꽃이다
홀로 피었어도 너는 꽃이다.

남원南原에서 화개花開로 가는 길

창 너머로
봄 햇살 남실거려
뚝 떨치고
화개花開 길로 나선다

섬진강 강물은
차茶 빛 되어 흐르고
잎 떨군 나무들 사이로
청솔가지 더 푸르다

봄마중 나온 소녀처럼
가슴 설레며
화개花開로 가는 길

벚꽃 천리길
향기 품은
지난해 그 여인은
다소곳이 날
기다리고 있겠지!

새해 아침

눈처럼 하얀 달력 위에
가 보지 못한
삼백예순 다섯 날

어제가 있었고 오늘이 있고
내일이 있으리란 예감으로

병상에 있는 이는 걷기를
고통에서 희망의 길을
반목에서 평정을 꿈꾸며
모든 소망이 다 채워지기를

텅 빈 시간들이 소중함으로
꼭 꼭 채워지기를
손 모아 다짐하는 새벽 기도.

탄생 – 인연

개나리 진달래 흐드러진 벚꽃
숨어 지내다 가지 끝에
내민 얼굴들

아버님 가시려나 보다
이 찬란한 봄날의 슬픔

아버지 어디에서 세상에 오셨나요?
또 다른 아름다움을 낳고 있다.

* 2020. 04. 09. Mont Blanc과 인연 맺은 첫 번째 글.

벚꽃 아래서

흐드러지게 피어서
곱기는 곱다만
지울 수 없는 왜놈들

내 나라 우리 땅에
뿌리 박고 비 맞고 자랐지만
사람이 사람답게 살기를
거슬리는 놈들을
지울 수는 없다

요천의 맑은 물은
우리 것이다
금수정 치올린 처마도
우리 것이라 다행이다

서로 마주 보며 사랑하다
등 돌려 배신하는 개놈들
그건 견디겠지만
대나무 한 그루 없는
독도獨島가 우리 땅이

아니라는 저놈들의 잔재는
언제나 한(恨)이 풀려

벚꽃 향기가 향기 되어
내 품에 다가올까?

묘지墓地에서

어허, 그대여
여기 잠들었구만

신비의 울부짖음으로
부여된 목숨 갖고
날마다 날마다
실낱같은 톱질로 사는 세월
삶 - 그것은 순간의 봄
피었다 시들어 가는 꽃
영겁 속의 순간
날 수 없는 날갯짓

삶은 순간이요
죽음이 영원이래도
그 죽음이 영원일 수 없는 것이
여기 잠든 묘지墓地의 주인들이
다시 깨어날 수 없기에
삶은 아름다운 것이리.

제2부

봄
- 싹을 틔우며

수용소에서

존재(存在)해 있음으로 해서
삶은 아름다운 것인가?
하늘과 땅 천지(天地) 그 공간
큰 우리의 수용소에서
바둥거리며 살아가야 하는 우리들인가?
두 다리 쭉 뻗고 죽음을 기다리는
만세탕 개구리처럼
그렇게 마냥
죽음을 기다릴 수만은 없다
아카시아 향기 그윽한
산비탈에 사랑은 넘치는데
수용소에서 들려오는
고난의 발걸음은
어디에서 안락을 찾아야 할까?
오늘을 짊어지고 내일로 간다.

산에서 맞는 아침

산들도 아침이면
잠에서 깨어난다

침묵으로 흐르던 물도
아침이면 새 노래하고

사랑하는 이 품에서
수줍게 눈뜬
구름이 피어오른다

늦잠 깨우는 바람 따라
골짜기 골짜기 부산하고

산다람쥐 단장하고
이웃에 인사하는
아침은 찬란하다.

난蘭 꽃이 피다

무던히 덥던 여름이 가고
굴원屈原의 초사楚辭를 읽다가
난蘭 꽃을 만났다
그 향香이 좋아 승복에
염주처럼 차고 다녔다더니
그럴 만한 꽃이다

가람 선생님
정갈한 모래틈에 뿌리내려
제 피로 피어냈다던 그 꽃

법정께서는
홀로 두고 온 그 난분이

추위에 떨까 걱정되어
더 사랑할 만한 사람에게
내주었다는 무소유의 변

내게 온 난蘭은
일 년을 기다려 받은 소식
열 꽃송이 많기도 한 혜란蕙蘭

그 꽃 반개半開한 날
정靜한 자리 마련하여
한두 친구와 막걸리 두어 잔
그날이 곧 오리다.

비 오는 밤

비! 누구의 발자국인가?
반가운 빗소리
황금 꽃가루에 시달린
풀잎은 목욕을 한다

목마름의 모종들은
뿌리의 생장점을 키워 나간다

마음 아픈 이들에게도 내려라
고난과 근심이 씻기어
희열에 몸부림칠 때까지
내 몸 닫힌 금 속에 찌꺼기를 씻어내리라

다시 태어나서
다시는 때 묻지 않은
맑은 영혼으로 살아갈 수 있게

비가 내린다
세찬 바람도 함께 와
더 깨끗이 씻어 내려라
새롭게 새로운 날이 되도록
눈 감고 기도하는 밤.

술은 쉬는 날

일요일은 모두 쉬는 날

                       술도 쉬는 날

월요일은 새롭게 시작하는 날

                       술도 쉬는 날

화요일은 열기 많은 날

                       술도 쉬는 날

수요일은 물이 중요한 날

                       술도 쉬는 날

금요일은 금주에 금이 겹친 날

                       술도 쉬는 날

토요일은 반성으로 채워야 하는 날

                       술도 쉬는 날

그러면 술 친구도 내 곁에 머물지 못하리

풍년집 주모에게는 비밀로 해야지.

오미크론Omicron

판도라Pandora의 항아리가 열린 지 오래건만
너는 어디에 깊이 잠들어 있다가 깨어나
즉시 발걸음도 빠르게 내게로 왔느냐?

어느새 내 몸에 둥지 틀고 숨어 지내다
이때다 싶게 솟구쳐 올랐지

나도 다 안다 네놈이 싫어 예방주사
좋다는 대로 다 맞아 준비해 두었다

내 죽으면 네놈도 견딜 수 없어
죽지 않을 만큼 적당히 짓누르고 있겠지

이삼 일 숨어 살다가 이삼 일 목을 조이더니
이제 너도 힘빠져 나가야겠지
나가라 하면
냉큼 갈 것이지 무슨 미련이 많아
그건 사랑 사랑이 아니란다

나는 안다. 네놈이 언젠가 떠날 수밖에 없고
아주 가까운 언젠가 떠날 것이라고

그게 끝이 아니리라 너 닮은 어느 녀석이
아니면 가면 쓰고 가리워진 뻔뻔한 얼굴로
네놈이 또 온대도
오는 너를 말릴 생각이 전혀 없다

이것이 과연 종말일까?
그게 알 수 없어 두려울 뿐이다

모두 없어지고 또 무엇으로 채워질지
그때 나도 그곳에 끼어 있었으면 좋겠다

오미크론Omicron 이제 Good-bye!
Not to see again!

*2022. 04. 13.

우전雨前 앞에서

새 봄 돌아와
꽃 지는 날
내 곁에 우전 한 사발
계곡의 물소리
솔바람 소리
여인 없는 세상 있다면
무슨 사랑
칼로 물 베듯
자르고 잘라 내도
다시 돋는 꿈틀림
붓 들어 헤치며
나가자 다잡는 아침.

* 2017. 05. 05.

게발선인장

떡 하나 주면 안 잡아 먹지
꼬리 하나 끊어 주고 살아났다

게발 하나 떨어져
야위어 갔다

목마름 견뎌 내
뿌리 내리고
한 마디 한 마디 늘려 갔다

가지 끝마다
붉은 점 점점 박더니
꽃으로 피어났다

죽어서 다시 태어날 수 있다면
죽음인들 두려우랴
보고도 볼 수 없는
삶의 끝은 언제나 보일까?

* 2020. 05. 04.

알 수 없는 별

알 수 없는 것에 대^對한 생각 속에
정답 찾기의 수수께끼가 있다
분명 어딘가에 답이 있을 수 있을 텐데
보이지 않는 답을 찾으러 헤맨다
밤하늘에 수많은 별이 있는데
그 별의 이름을 무엇이라 부르든
아름다움은 마찬가지일 것이다
그 이름을 찾으러 헤맬 필요가 없음에도
이름 찾기는 고통스럽다
장미를 다른 이름으로 불러도
그 향기^{香氣}는 같을 것이다
사랑이라는 알 수 없는 이름도
그것이 사랑이라 말하지 않아도 같을 것이다
사랑은 사랑이다
장미향 같은 사랑은 무슨 사랑일까?

* 2011. 05. 11.

도둑비

달빛 몰아
검은 휘장으로 덮고
몰래 비가 내렸다

바람과 눈 맞아
춤추는 나뭇잎
초록 바탕에
송홧가루 수채화

쉬 흘러서 가는 세월
그래도 그만 때 그 자리인데

내 사랑하는 것들만
도둑비에 쓸려
저만치 흘러가고 있다.

* 2020. 05.

오월의 산길

오월 초이틀
산은 청춘이다

고맙고
정겹고
사랑스럽다

산 비탈 둥지에서
갓 태어난 상수리
오! 너였구나
반갑다

으아리 하얀 꽃
너도 곧
피어나겠구나

모두 모여
햇살 제자리에
별이 되고

반환점 돌아오는 길
함평천지
호남가 한 가락에
박새들 따라오며 추임새 하고
딱따구리 제자리서
따악 딱 딱 박자 맞춘다

다시 시작하는
유월의 산길에서도
그들과 막걸리 한잔
나누며 가고 싶다.

* 2011. 05.

유월六月의 산하山河

짙은 초록으로
유월六月은 피어나
그 빛은 붉다

동강이 진
허리를 안고도
물줄기는
굽이굽이 흐르고

철의 장벽에도
구름은 일어
북北으로 북北으로
나르는데

강토의 어디를 디뎌도
백골白骨의 흐느낌이
가슴에 와닿아
붉은 피 끓어 올린
유월六月의 넋이여!

54

물의 흐름은 끝없고
세월의 장벽에도
담쟁이 피듯
이제 우리 하나가 되자.

태풍 오는 날

힘들 땐 하늘을 보자

붉은 노을이
먹구름 되고
바람 세차다

나 지나가는 길
얽히고 얽힌 실타래
한끝만 당기면
한 올 잘라 내면
하늘 길이 열리겠지

내 앞에 오는 것들
다 행복이어도
푸른 가을이면 좋겠다
이 태풍 지나가겠지 뭐.

* 2022. 09. 03.

이월과 삼월 사이

한 뼘 모자란 이월의 밤
삼월이 오면
어둠을 깬 햇살 하나
땅속 뿌리 끝에 머물러
봄을 부르면
새로운 환희의 숨결
꽃은 피고
물결도 춤추며 흐르리

그 끝이
타 버린 저녁놀일지라도
못난 글 몇 줄이라도
마음에 와닿는다면
다시 일어날 힘만 있다면
어둠을 몰아낼 용기 있다면
삼월은 헛되지 않으리.

내가 네게 속삭이는 말

아무 탈 없이
잘 자라거라
새싹들아

돈보다도 명예보다도
건강이 최고란다

호흡기 매달고 비는 소망
한 걸음이라도 걸었으면 한단다
네 걸음이 그리 소중할 줄 알아라

오늘이 있고 내일이 있다 믿으면
고난의 문도 쉬이 열린단다

겨울 오면 흰 눈 내리고
수정 같은 하얀 얼음이
믿기지 않거든

불만 쫓아 불길로
가지 말라는 말
믿기지 않거든

돌아가
내가 네게 속삭이는 말
귀 기울여 주기 바란다.

* 2023. 12. 31.

봄비 오는 날

촉촉이
내리는 봄비에
대지大地는
고요히 잠들고
노오란 꽃봉오리
사알짝
가슴을 열어
님 오시는 길목
그대 꽃향기로
단장을 하네.

창 너머 대추나무

창 너머 대추꽃 피자
갓 깨어난 참새 몇 마리

연초록 가지 타고
뛰어다녀도
걱정 없는 놀이터에
바람도 찾아와
함께 머문다

끊어 내리리라
내 맘속 모진 티끌들
톡톡 털어 버리고
그들 곁에 다가가
눈감아 보리다.

* 2018. 07. 01.

네게
-사랑하는 딸과 아들에게

사랑하는 아들아
너 어둠에서 태어나
영롱한 빛 발發하며
한 알 씨앗으로 있다가
궂은날과 가뭄도 버티어 내
오늘 우뚝 섰구나
그러나 아직 완전한 네가 아니다
더 아름답게 피어나야 한다
들여다보아야 할 세계가
별만큼이나 많고
캐 보아야 할 의문의 꼬리표들이
너무 많지 않으냐?
모른 채 침묵으로 남겨 둘 수 없다
사랑하는 아들아
눈을 뜨고 보아라
남보다 앞서가기 위해서가 아니다
행복만을 추구하기 위해서가 아니다
네 가는 길에 고독과 절망이
손짓하여 너 거기 있어도
용기와 희망이 네게 있다

사랑하는 아들아
한 걸음 더 나아가라
너 거기서 우뚝 솟아라.

* 1995년 남원여고 교지 『오작교』 제17호 〈권두시〉.

민들레

그저
봄비만 맞고
자란 게 아닐 거다

산들바람과 속삭이고
멧새들과 벗하고
별들과 속삭이며
자란 게 아닐 거다

때로 언 땅에 움츠리고
폭풍우에 찢기고
짓밟혀도 딛고 일어나
꽃피웠을 거다

오오!
노랗고 하얀
민들레야!

* 계간 『연인』 제62회 신인문학상 당선작 초고.

내 사랑은

내 사랑은 바람이리
먼 곳에서 와
내게 속삭이는
바람이리

내 사랑은 구름이리
형체도 없이 피었다
스러져 가는
갈증으로 메말라 가는
이슬이리

내 사랑 내 사랑은
보도 위 발자국처럼
바람처럼 구름처럼
그리 잊혀지지 않는
내 가슴에만 간직된
아름다움이리.

오월五月에

새벽이 눈뜨면
문틈으로 새어드는
온갖 악취들
갈 길 몰라 방황하는 외 돛단배
앙증스런 햇살은
꽃잎 끝에 놀고
빨간 장미꽃
힘없이 한 잎 떨구면
또 시들어 버리고
바람이 한들거리는
짙푸른 신록新綠만 남긴 채
오월五月은 저만치 가고 있다.

제3부

여름

– 성장기

산길에서 만난 바람

산길 가다가
솔잎 스치는 바람을 만났다
반갑고 고맙다

산 너머 뭉게구름 피는 곳
봄 불길이 지펴졌단다

박새들 모여 노래 부르고
매화 가지는 푸른 옷을 입었다

바람 따라 가는 길
생의 끝자락
더는 오르막 길 없으리

내일의 텃밭에
뿌리 내릴 꽃씨 하나 두고
오늘은 밭을 일궈야겠다.

구름과 산과 사랑

지리산 천왕봉 구름이
부끄럼타 어름 사이로
뱀사골 골짜기에 내려
통실한 가슴 가슴 어루만지며
사랑으로 사랑하다가
땀방울 송글송글
소나무 끝에 대롱대롱 매달아
첫 햇살에 영롱한 구슬로 태어난다.

돌아가는 길

하얀 목련이 지고
초록이 파랗게 물결칠 때
얘야 잘 자라거라
그 속에 꽃봉오리 하나
감춰진 봄날은
또 그렇게 지나갑니다

겨울 찬바람에
포동한 살점 다 내주고
백골로 서 있는 갈대 사이로
새싹이 뾰족뾰족 돋아나
나날이 푸르러 갑니다
지난해 지난해와 똑같이

그게 삶의 한 살이가
낳고 늙고 병들어 가다가
긴 꼬리 별처럼 스러져 가지만
가서 할머니 할아버지 어머니
만날 거라 믿고
푸릇푸릇 자라는 손자들 웃음 속에
봄비 내리는 이 밤도 지나갑니다.

이층에서 본 거리

춘향골 촌길에
그래도 이마트E-mart 삼거리

잘 걸을 수 없는 사람은 비틀거리고
아프지 않은 사람은 없고

꽃집 아줌마는
새 아침 꽃단장하고
흘러나오는 웃음만큼
부자가 되어 간다

골목길에 옹기종기 모여
얽키고설켜 지내며
꿈을 이루어 가는 사람들

오늘도 그 길로 가는 사람들
때로는 낯선 사람들 오가지만
내려다보는 재미는 쏠쏠하다.

달밤

낮은

너무 뜨거워

밤을 사랑했네

차라리

뜨겁게

사랑할 걸.

* 2017. 09. 24.

가을 이야기

나뭇잎 하나 뚝 떨어졌다
밤사이 몰래 찾아온 가을이다

시냇물은 더 맑게 노래하고
들판을 지나는 바람은
어서 빨리 열매 맺으라 재촉한다

여름 한철 푸르름에 싸여
청춘의 힘 뽐내던 줄기에도
한 점 붉은 빛이 돋아나는
단풍나무 더 깊어 가는 가을빛

추운 겨울 오기까지는
아직 귀 기울여야 하는 이야기
나만의 은밀한 언어들을
수놓아 매듭지어야 한다

가을이어서 더 아름다운
푸른 하늘을 따라서
더 높은 꿈을 쌓아 가야지.

내 각시

다 좋다는 남자
결정하는 여자

국수 할까요? 아니면 라면?
당신 뜻대로

사과 깎을까요?
왜 물어

당신 마음대로

아앙
당신이 좋으면
나도 좋아.

* 2020. 05. 24.

연잎에 물방울을 보라

오오라 너
연꽃이어라
군자君子의 꽃
강아지 물방울
털어 내듯
만물萬物이 떨궈 내건만
네 잎은 그를
품에 안고
무정無情을 모른 척
꽃으로 피워 내
향기香氣가 그리
고운가 보다.

* 2019. 05. 21.

대추나무

대추나무의
고달픔은
사랑으로 맺은
열매만은 아니다
따가운 햇살도
몰아치는 태풍도
다가오는 가을도
견뎌야 할 아픔이다
아홉 자식을 둔
우리 어머님은
타는 가슴으로
유언의 말씀도
남기지 않은 채
산에 계신다.

요천蓼川에 흐르는 물

세상에 고수는 있다

말은 안 해도 고수는 있다

그러나 고수 위에 또 고수가 있다

그래서 나는
아래로 흐르는 물이 좋다.

술에 곡哭하다

은근히 내게 찾아와
내 몸에 자리 잡고
나를 흔들리게 했던 너이지만
방 빼서 내게서 멀어져 가라

삼십 년 넘게 가까이서 본 너이지만
이제 등 돌리고 다시는 보지 않았으면 좋겠다

네가 나를 사랑해 본 적이 없겠지만
나는 떠나보내는 너를 위해 애통을 담아
곡哭하지 않을 수 없다

한 끝 한 줄 오라기가 날 목죌지라도
어느 순간 비집고 내게 올지 모르지만
한 번 잡은 칼자루를 쉽게 버리지도 않을 것이다

죽음 없는 삶이 있겠냐마는
나를 갉아 대는 너와 나는 더 이상 같이 갈 수 없다.

* 계간 『연인』 제62회 신인문학상 당선작 초고.

빈집에 내린 가을

무서리 내린 아침
머리끝에서 가슴까지 내렸다

한때 그 집엔
곶감 이야기가
처마 가득 열렸었다

갈대밭
서걱이는 바람이
돌 틈으로 엿보았다

이슬 마른
거미줄만
동그라니 남았다

게으른 햇살이
댓돌 위에 머물고 있다.

검은 물잠자리

잠자리 5,000종
겹눈, 낱눈 10,000개
6m까지의 시야
최대 속도 100km
고생대 화석

사람 사는 하얀 세상에
검은 물잠자리 한 마리
그리움 따라왔겠지

어머니의 어머니 고향
그 몸속에도 피가 흐르는가
미나리 하얗게 꽃피어
넓은 들판 내 세상

아침 이슬 햇살에 빛나고
저녁 바람 불어오고
달빛 잠든
날갯짓 쉼터

내일 어디로 가야 할지
사라져 버린 옛터
그래도 고맙다
문득 찾아온 검은 물잠자리
또 한 번의 이별 뒤.

* 2022. 08. 27.

호접란

장자가
꿈속에서
나비 되었다

꽃밭에 날아다닌다
봄날이다
호접란이 핀다

꽃잎에
쉬었다

두어라 두어라
이르시고

포르릉
날아간다.

빈 잔

빈 잔 바라보다가
아무것도 가진 것
없는 것이
많이 가진 것이다

내 몫의 햇볕과 바람
한 점 없는
끝없이 솟을 듯한
푸른 하늘
속삭이며 흐르는 봄 물결

없다고 해서 궁핍은 아니다
풀도 나무도 제자리에서
모자라도 아무런 불평 없이
꿋꿋이 버티며 견디고 있다

누구나 비워 버리자 하지만
미련에서 벗어나지 못한 삶
슬픔의 저 모퉁이 돌아서
빈 잔에 희망을 조금만 담아 보자.

코스모스cosmos

바람결에 일다 스러져 버린
꽃향기 속에 하늘거리는 삶

황량한 벌판에 핀
꽃 속에 머문 별들의 노래

어둠 속 태동胎動이 있어
꿈틀거리는 대지大地

너와 나의 맺음은
세월을 간직한 아픔

코스모스cosmos 넌
잊혀져야 할 정적靜寂.

동그란 거울

모처럼
동그란 거울을 닦았다
입김으로 호호 불어
구름을 헤치니 맑게 빛난다

웃어 봐 세상이 환하다

울고 싶을 때는 그냥 울어
눈물이 쓰라림 씻어 갈 때까지
혼자 우는 세상이니까
울다가 울다가 웃어 봐

동그란 거울을 닦았다
물길이 열리고
숲이 들어앉았다
새들도 둥지 틀고 노래한다

별들도 소곤댄다
내일은 더 좋은 날이 올 것 같다

동그란 거울을
동그라미 동그라미 그리며
더 깨끗이 닦아야겠다.

월드컵 축구

오랜 시간이 흘렀다
일상은 어제와 같았다
그러나 오늘은
어제와 다르게 시작되었다
모든 사람들이 염원하는
승리의 시간이 기다리고 있었고
각본에 의한 듯
승리는 우리의 것이었다
숨죽인 기다림은
환희로 빛났고
골인의 순간 희망의
눈빛을 보았다
번뜩이는 눈빛을 보았다
찌든 삶의
묵은 때를 지우고
모두가 하나 되는
승리를 만끽했다
아~ Korea!
동방東方의 밝은 빛.

* 2002. 6. 5.

산골에서

차*나 좋다 하고
바람따라 나섰다가

물이 좋다 하여
마음까지 씻고 나니

산허리 구름이
대숲에서 놀고 있네

바람 소리 물소리
취한 듯 바라보니

골골이 붉은 단풍
찻*잔 속에 담겨 있네.

* 이천삼년 늦은 봄.
* 계간 『연인』 제62회 신인문학상 당선작 〈무심〉의 초고.

소울림의 녹차

소울림에서 음미해 본 녹차는
요천의 맑은 물
은빛 은어처럼 맑다

고산골 깊은 숲길처럼
그윽하다

작은 소小울림 울림처럼
정겹다

소울림 녹차는
그냥
맑다 그윽하다 정겹다.

망각의 샘

나 돌아가는 길에
망각의 샘물이 흐른다면
한잔 그 물로
모든 것을 잊을 수 있으리
막막한 허허벌판처럼
바람에 불리우는 나뭇잎처럼
가지가지 스치는 바람처럼
그저 있는 그대로의 모습으로
오늘은 돌아서서
나 혼자이고 싶다.

내 마음도 몰라

열 길 물속은 알아도
한 길 사람 속을 몰라

사랑하는 사람
그 마음 알 듯해도
그 마음도 몰라

내 품에 기른 자식
사랑은 주어도
그 마음 알 길 없고

날마다 날마다
사람과 만나
사람과 얘기해도
그 마음을 몰라

이제는 어찌해야 할지
내 마음도 몰라.

제4부

가을

- 성숙의 길

옛날이야기

옛날 옛날에
아버지와 어머니가 사랑하여
아들 둘을 낳았다

큰아들 우산 장사
작은아들 짚신 장사

비 오나 맑으나
아들 걱정에 어쩔 줄 몰랐다네

왜 행복해야지
녀석들 효심이 부족했나

죽을 때까지 뒷바라지
내 이야기네

오늘 애들은 짚신을 몰라
겨울 날에 짚신 신고
합죽선 하나 들고
나들이 갈거나?

미리 쓰는 일기

정신이 멀쩡하다
찬바람은 물러갔고
동백은 빨갛게 핀다
밝은 바람
흰 구름
콸콸 쏟는 물소리
친구들 불러모아
노래하고 춤추고
더 좋은 세상
내일이 온다
그런 하루
오늘 쓰고 싶은 일기.

* 2018. 12. 24.

미완성

완성된 것 있으랴
아직도 미완성인 걸

넘어지지 않으랴
다시 일어나면 되는 걸

넘어지고 또 넘어지고
부족하고 또 부족하고
완성을 향해 나가는 길
다시 일어서는 용기가 있다

아직은 끝이 아니다
끝없이 나가는 것이다

아직 완성된 삶이 아니다
죽는 그날은 미완성
삶은 계속될 것이다.

매실주를 담그며

모진 바람 이겨 내고
흰 눈 내리던 날
순백의 꽃 피워
향기를 내뿜더니
하이얀 속살 내비치며
너 잘도 여물었구나
이제 술을 담가
내 벗을 맞으리
달빛 환한
가을이 오면.

* 1998. 5.

감말랭이

감말랭이 익어 가는 재미
쏠쏠하겠다
가을 내려앉은 마당 한 모퉁이
떫은맛은 덜어 내고
단맛만 차곡차곡 채워 주는
햇살 고맙다

거칠지만 여린 엄마 손으로
내 친구는 이 밤 꿈속에서
무슨 일 하고 있을까
소쿠리 한가득
고운 정 퍼 나르며
그래 됐다 혼자 웃고 있겠지.

* 2021. 11. 01.

인연을 끊을 때

칼은 잘 들어야 한다
무딘 마음으로는 자를 수 없다
사랑을 끊어 내야지
긴 칼이든 작은 칼이든
인연을 거두는 칼은
예리해야 한다
강 건너 두고 온 마음이
그림자로 남아 있다.

* 2020. 06. 25. 천관녀(天官女) 사랑.

아픈 손가락

살면서
아픈 손가락
하나쯤 없을까?

그래도 마디마디
다 갖춰져 있으니
얼마나 행복한가?

농사 짓는 아버님은
작두 날에 손가락
한 마디 내어 주고도
아무 불평 없으셨다

힘들 땐 손가락
들여다보자
세상에 평등은 없다

엄지는 엄지고
새끼는 새끼다
오늘도 손가락
깨물며 길을 묻는다.

* 계간 『연인』 제62회 신인문학상 당선작 초고.

힘들고 지칠 때

힘들고 지칠 때
하늘보다 나무를 보자

플라타너스 가지 하나
잘려 나갈 때
뿌리를 그만큼 늘려 갔다

아내의 손이
거칠어 갈 때
그 속에 묻힌 고뇌의 무게

춥지 않은 것 아니지만
흔들리지 않은 것 아니지만
꿋꿋이 견디어
혹 하나 남기고 간
하얀 살결.

내려놓기

무거운 등짐 지고 가다가
내려놓으려면
잘 살펴보아야 한다

짐이란 그저 버릴 수
없는 것이기에
다시 짊어지고
일어나야 할 때도 있으니까
내려놓을 곳
잘 봐 둬야 한다
기댈 언덕이라도 있다면
무심으로 내리련만
그렇지도 못한 삶

내려놓을 것은 많은데
버릴 것이 없다
연필꽂이 연필 하나도
쉽게 버릴 수 없으니
마음속 무거운 짐
어디에 내려놓을까?

* 계간 『연인』 제62회 신인문학상 당선작 초고.

네가 최고다

혼자 걸어가도
네가 최고다

한강에
빠져 죽더라도
그래도
네가 최고다

고양이를 사랑할 수만 있다면
노을을 볼 수만 있다면

아무리 봐도
누가 뭐래도
빠져 죽는 것보다
견디며 사는
네가 최고다

오늘도
다리 위를
비틀거리며 걸어도
걸어가는 네가
최고다.

창문을 여십시오

그대 창문을 여십시오
햇살이 스며듭니다
햇살 따라 사랑이 옵니다

열린 창밖을 보십시오
행인이 오고 갑니다
여인의 발자국 소리 들립니다

비 오는 소리에 창을 열면
노오란 우산 속 햇병아리
종종걸음이 지나갑니다

이른 아침 창문을 여십시오
맑은 바람에 약속하십시오
누군가의 기쁨이 되어 주겠다고.

* 2013. 11. 4.

오늘과 내일의 경계선에서

오늘 끝점과
내일의 시작점에서
가쁜 숨을 붙잡고 있다

이제 이 시간 지나면
새벽 별이 빛나고
신선한 공기가 나를 감싸고
한 걸음 내디딜
힘이 솟아나리라

오늘보다 나은 내일이겠지
더 많은 사람을 사랑하면서
더 아름다운 세상을 만들어야지
오늘도 그런 날이길 기도한다.

무엇이 답일까

무엇이 답일까?
목마르면 물 마시고
잠이 오면 잠자고
아직 배 고프다

요천길 가다가
청둥오리에게 물었다
물 맑고 피라미 놀면 좋지요

바람에게 물었다
아무 거침없이 갈 수 있는 길

그래도 배 고프다

살아 있으면서 삶을 몰라
어둠에서 허덕이며
빛을 찾으러 나서고
빛은 어디쯤 있는 걸까?

어렵기만 한 정답을 찾기란
오늘 하루의 삶도
노을 속에 스러져 간다

부부가 함께 산다는 것도
참 어렵다.

환생

죽어 저승에 갔다
또다시 환생하여
이승에 산다면
죄짓지 않고
거짓에 물들지 않은
삶을 살다가 가리

죽어 저승에 갔다
이승에 산다면
풀잎 위 이슬 같은
노을 같은 그런
삶을 살다가 가리

이 밤 저승에 가
타는 유황불에
내 안에 묻은 죄란 죄
죄다 태워 버리고
새로 돋는 태양과 함께
새 삶을 누려 봤으면.

초가집 앞마당

옛날 아니 딱 백년
그 백년 살다 보면 생生을 알까?

수수께끼 같은 삶
둘러진 대나무 울타리
그 속에 피는 황매화
초록 감나무 개복숭아 한 그루
사철나무가 사치처럼 보였다

빗물에 질척이는 흙마당에
징검돌 하나 갖다 놓지 못했지만
여름밤은 행복했다
모깃불 매캐해도 별을 보고
외양간 소는 느긋이 되새김질한다

여남은 사람들이 모여 살다가
어미 품 떠난 새처럼
하나둘 멀어져 갔다

둥지는 있건만 비어 버린 마당
바람이 휭하니 지나고 있다

병든 어머님 덩그러이
외로운 섬이 되어 방을 지킨다
말이 고파 머얼건히 천장 바라기
등줄기가 써늘하다

삶이란 한 백년쯤 살아 보아야 알까?
안다고 한들 그것이 무엇이랴
일어나 걸어가야지
아직 보지 못한 저승의 삶이
미워도 떨치지 못한 이승이다.

어제 마신 술

지난밤 아무래도
독을 마셨지

씻으리라 돌이키니
세월도 마셨나

그래 맞아 잔 속에
정情도 있었지
모두가 죄였구나

다시 잡은 술
흰 구름 한 조각
빼곡히 뜬 달.

그리움

바람이 쓸어 놓은
파란 하늘

한 끝
끌어다 휘장치고

그대와 마주한
선 술

한 잔 욕망을 내려놓고
한 잔 그리움 흘려보내니

그대
저 바닷속 깊은 곳에서

다시는 솟아나
내 곁에 머물지 말거라.

* 2017. 01. 16.

산비탈 노을에 서서

산비탈 노을에 서서
뒤돌아보니
샛별 하나 돋아난다

모진 풍파
해 짧은 겨울 점심은
고구마 세 토막
어머니는
자식들 달래느라
배고픔도 잊으셨다
불효가 무엇인지도 몰랐다

뚜벅이 걸음으로
비틀거리면서도 일어섰다

말복에 논매기는
양팔에 피 마른 딱지가 올랐다

그래도 우리는 행복했다
일제강점기도 아니고
6.25전쟁 속 기근에서도

절망보다
목숨줄은 모질게도 붙어 있었다

내 힘으로 내 것으로
삶의 상승곡선을 타고
오늘 여기까지 왔다

이제 내려놓을 수 있으니
뒤돌아서서
불타는 노을을 보며
천천히 한 걸음 더
앞으로 내디뎌 나가야겠다.

멋진 이별

잃은 것 아니리라
님 보내드리지
열아홉
사랑 떠난 날
열린 더 큰 사랑

생채기 아물면
굳은살로 남으리
뒤돌아보지 말고
가슴에 새기지

아름다운 세상
발자국 남기고
퇴장하는 날

빈 것 아니라
채워지길 기도하며
님 보내드리리.

* 2020. 05. 26.

다향茶香과 묵향墨香 사이

최정주(소설가)

1. 따뜻한 차 한 잔의 이야기

이필준 시인의 시에서는 다향茶香이 난다. 눈이 내리는 어느 겨울날 새벽 네 시에 일어나 앉아 아파트 2층 유리창을 통하여 가로등 위로 내리는 눈발을 바라보면서 마시는 화개골 우전차의 향이 난다.

> 우전雨前을 대하면
> 숙연해진다
> 유한有限의 삶을
> 앞에다 놓고
> 저울질하다 보면
> 얼마나 행복한가
> 인고忍苦의 시간을 지나
> 봄꽃이 된다
> 최상의 차茶는

무향無香 무색無色 무취無臭라

설풋 익지 않은

그 순수純粹

반환점을 돌아

흔적을 녹여 지우며

우전雨前과 나눈다.

_〈우전차〉 전문

　이필준은 그런 시인이다.

　우전차 앞에서 마음이 숙연해지는 시인, 향도 색도 냄새도 없는 우
전을 꿈꾸는 시인이다.

　애다무사愛茶無邪라고 했던가?

　차를 사랑하는 사람에게는 사악함이 없다고 했다. 사악함이 없는
마음은 동심童心이고 동심은 천심天心이다. 한없이 맑고 한없이 깨끗
한 우전의 빛과 향 같은 시를 꿈꾸는 시인이다.

　그래서 시인의 눈으로 보면 섬진강도 녹차 빛으로 흘러가고 우전
한 사발 앞에서 시인은 계곡의 물소리를 듣고 솔바람 소리를 듣는다.

새 봄 돌아와

꽃 지는 날

내 곁에 우전 한 사발

계곡의 물소리

솔바람 소리

여인 없는 세상 있다면

무슨 사랑

칼로 물 베듯

자르고 잘라 내도
다시 돋는 꿈틀림
붓 들어 헤치며
나가자 다잡는 아침.

_〈우전雨前 앞에서〉 전문

이필준 시인에게 한 잔의 우전차는 마음에 품은 광활한 우주이고
그 우주의 고요함이다.

차[※]나 좋다 하고
바람따라 나섰다가

물이 좋다 하여
마음까지 씻고 나니

산허리 구름이
대숲에서 놀고 있네

바람 소리 물소리
취한 듯 바라보니

골골이 붉은 단풍
찻[※]잔 속에 담겨 있네.

_〈산골에서〉 전문

이태백이 술에 취해 물에 잠긴 달을 바라보며 흥취에 젖듯이 이필

준 시인이 차와 하나가 되어 대숲과 놀고 바람과 놀며 오색찬란한 단풍이 되어 찻잔 속에 놀고 있는 모습을 보는 느낌이다.

이필준 시인은 자신에게 참으로 진심인 사람이다.

새벽마다 일어나 차를 마실 때에는 차와 하나가 된다.

2. 난蘭을 키우는 묵墨향

이필준 시인은 또한 서예가이기도 하다. 제법 이름이 있는 대한민국 서예대전에서 대상을 수상하는 등 여러 번 상을 수상하였으며 2023년 10월에는 '화의죽정華意竹精'이라는 맛깔스런 이름을 붙인 서예전을 가졌던 서예가이다.

이필준 시인의 시를 읊조리다 보면 난향蘭香 같은 다향을 맡을 수 있고 다향茶香 같은 묵향墨香을 만날 수 있다.

그런데 이상하다.

이필준 시인의 시에서는 묵향은 맡을 수 없다. 너무 강해서 코로는 맡을 수 없는 향기인가? 눈으로는 볼 수 있는데 코로는 맡을 수 없는 화의죽정의 향기인가.

우선 이필준 시인의 난향을 만나 보자.

장자가
꿈속에서
나비 되었다

꽃밭에 날아다닌다
봄날이다

호접란이 핀다

꽃잎에
쉬었다

두어라 두어라
이르시고

포르릉
날아간다.

_〈호접란〉 전문

　나비가 날개깃에 묻혀 날아가 버린 것인가.
　아무리 애를 써 봐도 난향이 코끝을 스치지 않는다. 눈을 닦고 다시 보아도 난향은 보이지 않는다. 나비가 되어 날아 다니는 장자도 보이고 호접란 여린 꽃잎에 앉아 쉬어 가는 장자도 보이는데 난향은 안 보인다. 그러다가 문득 무릇 향기는 마음의 눈으로 보아야 볼 수 있다는 깨달음을 얻는다.
　마음의 눈으로 보자 모든 향기가 다 보인다.
　새 봄을 맞아 수줍게 꽃깃을 여는 호접란도 보이고 날개깃에 묻힌 호접란 향기로 펄펄 날아다니는 장자도 보인다.
　그러자 비로소 호접란 향기가 나폴나폴 다가온다.
　묵향이 온다.
　다향이 온다.
　이필준 시인의 화의죽정이 온다.

3. 판소리 한 대목을 듣는 것처럼

이필준 시인은 아마추어 소리꾼이다.

항간에서 말하는 또랑 명창이나 논두렁 명창쯤은 되는 소리꾼이다.

백설희의 〈봄날은 간다〉를 임방울의 〈쑥대머리〉처럼 부른다.

이필준 시인의 시를 소리 내어 읊다 보면 저절로 판소리 가락이 나온다.

　　　　열 길 물속은 알아도
　　　　한 길 사람 속을 몰라

　　　　사랑하는 사람
　　　　그 마음 알 듯해도
　　　　그 마음도 몰라

　　　　내 품에 기른 자식
　　　　사랑은 주어도
　　　　그 마음 알 길 없고

　　　　날마다 날마다
　　　　사람과 만나
　　　　사람과 얘기해도
　　　　그 마음을 몰라

　　　　이제는 어찌해야 할지
　　　　내 마음도 몰라.

　　　　　　　　　　　　　　_〈내 마음도 몰라〉 전문

푸념이다. 한 많은 여인네들이 긴긴 여름밤에 줄창 내리는 빗소리를 들으면서 혼자 흥얼거리는 흥타령을 닮은 넋두리 같은 시인의 마음이다.

그런데도 쓸쓸하거나 우울하지 않다.

시인의 마음이 환히 들여다보여 오히려 밝은 느낌이 든다.

그것은 이필준 시인이 세상을 긍정의 눈길로 바라보기 때문일 것이다.

살면서
아픈 손가락
하나쯤 없을까?

그래도 마디마디
다 갖춰져 있으니
얼마나 행복한가?

농사 짓는 아버님은
작두 날에 손가락
한 마디 내어 주고도
아무 불평 없으셨다

힘들 땐 손가락
들여다보자
세상에 평등은 없다

엄지는 엄지고
새끼는 새끼다

오늘도 손가락
깨물며 길을 묻는다.

_〈아픈 손가락〉 전문

　작두날에 손가락 하나를 내어 주고도 아무 불평이 없으셨던 아버지를 닮은 것일까. 이필준 시인은 세상에 평등은 없다면서도 엄지는 엄지고 새끼는 새끼라고 고개를 끄덕인다. 바늘로 열 손가락을 찌르면 안 아픈 손가락이 있을까. 길다고 더 아프고 짧다고 덜 아플까? 길고 짧음이라면 모를까 아픔에 있어서는 손가락은 평등하다. 그러나 손가락 한 마디를 잃은 아버지의 손가락은 평등하지 않다.

4. 서경敍景과 서정抒情의 경계에서

　이필준 시인의 시를 읽다 보면 서경敍景의 냄새를 물씬 풍기는 서경 시편을 만날 수 있다. 서정시가 이야기를 품은 서사가 강한 시라고 한다면 서경시는 풍경이나 사물, 산과 강 같은 자연 묘사가 강한 시라고 볼 수 있겠다.
　이필준 시인이 서사보다는 서경에 강한 것은 시인이 한문학을 전공했기 때문일 것이다. 영어를 전공한 영어 교사이면서도 늦깎이 공부로 한문학에 발을 들여 박사과정까지 수료하였으니 틀린 말은 아닐 것이다.

구름이 일어
그리움이 일어
사랑이 일어
두둥실 떠가다

산모롱이 돌아
이름 없는 넋을 만나고
복사꽃 진달래
늘어진 수양버들
허리도 훔치며
산골짝 휘돌아보나
산은 이미 밤이 되어
침묵 속에 빠져들고
바스락거리는 소리에
소스라친다.

_〈봄날에〉전문

　그리움이나 사랑 같은 추상을 복사꽃이나 진달래 같은 구상과 잘 버무려 그린 한국화 한 폭을 10미터쯤 떨어진 거리에서 눈을 게슴츠레 뜨고 바라보는 것 같은 봄날의 시다. 이야기가 없는데도 한참을 들여다보면 사랑에 취하고 그리움에 취한 시인이 봄꽃에 빠져 희희낙락 '네가 사랑이구나. 네가 그리움이구나' 하며 흥타령 한 대목을 흥얼거리며 춤을 추는 모습이 떠오른다. 온전한 봄과 하나가 된 시인을 만난다.
　이필준 시인의 시가 서경시냐 서정시냐를 굳이 따질 필요는 없을 것 같다.

야아 나는 보았다
모르고 지나간 첫사랑
다시 가슴에 핀 꽃

빨간 장미
하얀 백합
향기 먼저 올라온 라일락
곱지 않은 여인은 없다

천년 소나무 느티나무
우뚝 선 돌 흐르는 요천수
무게를 견뎌 온 세월
올려다보면 놀랍다

경계선 틈새로
떨어진 꽃씨 하나
아름다움 품고 사는
너는 그 꽃이다
홀로 피었어도 너는 꽃이다.

_〈틈새에 핀꽃〉 전문

5. 맑고 밝고 착한 시를 만나다

이필준 시인은 고향 남원을 사랑한다. 아니, 남원을 감싸고 흘러가는 요천수를 사랑한다.

요천수 제방길은 시인의 산책길이며 시와 만나는 길이다.

그 길 위에서 남원의 나무, 남원의 꽃, 남원의 들판, 남원의 하늘을 만난다. 그것들이 모두 맑고 밝고 착한 시의 모습을 하고 이필준 시인에게 온다.

여뀌내 아침은

갓 피어난 장미다

밤새워 가꾸고

붉은 마음으로 흐른다

물안개 핀 돌섬은

원앙의 놀이터 되고

수줍은 달맞이꽃

아직 잠들지 않았다

실잠자리 한 쌍

옛터에 놀고

물 찬 제비

힘차게 날아오르고

여뀌내 물은

바람과 노래하며 흐른다.

_〈여뀌내 아침〉 전문

여뀌내는 요천수蓼川水를 우리글로 풀어서 부르는 이름이다. 한자로
요천의 요蓼자가 여뀌요蓼자라서 그렇게 불리기도 하고, 요천수에는
유난히 여뀌풀이 많이 자라기도 해서 그렇게 부른다. 남원 사람들에
게도 귀에 선 여뀌내를 이필준 시인은 고집스레 부르고 시로 쓴다.

이필준 시인은 남원에서 제일 먼저 놓인 승사교 밑의 수중보 안에
잉어가 몇 마리가 사는지를 알 만큼 여뀌내를 아낀다.

햇살 맑은 날 승사교에서 내려다보면 은빛 비늘을 반짝이며 헤엄
치는 잉어의 모습은 황홀할 만큼 아름답다.

세상에 고수는 있다

말은 안 해도 고수는 있다

그러나 고수 위에 또 고수가 있다

그래서 나는
아래로 흐르는 물이 좋다.

_〈요천에 흐르는 물〉 전문

공자가 '시가 무엇이냐?'는 제자의 물음에 답했다.
"시에는 사악함이 없느니라."
제자가 공자의 대답을 알아들었는지는 모르겠지만 이필준 시인의
시에는 악함이 없다.
어두운 빛이 없다.
맑고 밝고 따뜻하다.
다향茶香과 묵향墨香과 판소리 한 대목을 품은 이필준 시인의 시편
들은 읽는 이를 행복하게 한다.
참으로 착한 시다.